Ye

1114

HYMNE
DE LA
VIERGE.

12.

A PARIS,

Chez ANTOINE DE SOMMAVILLE, au Palais,
dans la Gallerie des Merciers, à l'Escu de France.

M. DC. XLI.

PREFACE.

'Auois deſſein de repreſenter en cette Hymne les Grandeurs de la Mere de Dieu, & de faire pareſtre quelques rayons de la gloire dont elle eſt enuironnée: Tout me conuioit de mettre la main à vn ſi bel ouurage, le vœu que j'en auois fait m'eſtoit vne loy que ie ne pouuois violer ſans crime, la grandeur & la beauté du ſujet m'attiroient auec de ſi puiſſans charmes, qu'il eſtoit mal-aiſé de reſiſter à de ſi douces violences : Le zele que les Chreſtiens ont pour cette glorieuſe Vierge, ne ceſſoit de me ſolliciter de faire vne ſi haute entrepriſe: Et bien que la deffiance que je deuois auoir de mes forces me deuſt empeſcher de me reſoudre à vn trauail ſi difficile; j'ay commencé toutefois de chanter les loüanges de Celle qui eſt au deſſus de tous les Chœurs Angeliques. Ie me ſuis embarqué ſur vne mer dont je ne connoiſſois pas les écueils, & le bel Aſtre que je penſois deuoir ſeruir à me cõduire, m'a ébloüi par des lumieres trop vi-

A ij

ues,& trop brillantes. I'ay trouué des tréfors dõt mes
yeux n'ont pû fupporter l'éclat. Les perfections de
M A R I E font trop releuées pour vne plume mortelle.
Ie me fuis trouué confus au milieu de mes penfées qui
ne font pas dignes d'vn fujet fi diuin : & pẽfant faire vn
portrait des graces dont cette tres-faincte Vierge eſt
remplie, je n'ay fait que découurir mes foibleſſes, &
mettre à la veuë des hommes les témoignages de ma
temerité, & de mon infuffifance. l'aduoüe franche-
ment ces veritez, & ne pouuant effectuer le defir que
i'auois de publier les Vertus de la Reyne du Ciel, & de
faire voir dans mon poëme les merueilles d'vne vie
qui a caufé de l'admiration aux Anges ; Ie luy con-
facre la volonté que j'en ay eüe. Ie protefte de
vouloir toujours marcher fous fa faincte condüitte,
& de m'adreffer à elle en toutes mes neceffitez, comme à celle qui à le plus de credit aupres de noſtre Seigneur , auquel foit honneur & gloire , loüanges, &
actions de graces en tous les fiecles. Ainfi foit-il.

HYMNE
DE LA
VIERGE.

Vurages éclatans que la Nature ad-
mire,
Tabernacles de Dieu, Trofne de fon
Empire
Aftres, beaux ornemens de la Voûte des Cieux,
Grands caracteres d'or qui brillez à nos yeux,
Et qui nous racontez la gloire, & les merueilles
De l'Auteur nompareil des chofes nompareilles;
Rayons étincelans de la grandeur de Dieu;
Veritables témoins qui parlez en tout lieu,
Et confondez l'orgueil des ames incredules
Qui font contre IESVS des fectes ridicules,
Que n'ai-je le bon-heur d'entendre les concerts
Ou vous rendez hommage au Roy de l'Vniuers?
Que ne puis-je écouter la celefte harmonie
Par qui vous beniffez fa puiffance infinie?

A iij

Que ne m'est-il permis par de nouueaux transports
D'éleuer mon esprit jusques dans vos trésors?
Ie serois animé d'vne diuine flame ,
Et les Graces du Ciel couleroient dans mon ame.
Mon cœur d'vn plus beau feu deuiendroit agité;
Ie verrois le seiour de l'immortalité ;
I'apprendrois comme il faut entonner les loüanges
Que tout le Ciel consacre à la Reyne des Anges,
Ie chanterois son Hymne autour de ses autels;
I'exciterois l'amour dans l'esprit des mortels,
Et ferois retentir en l'honneur de M A R I E
La brillante vertu qu'elle a le plus cherie.

    Mais je sçay ma foiblesse, & combien mon dessein
Surpasse tous les feux que ie porte en mon sein;
Par vn si grand sujet ma force est surmontée;
Et d'vn vol trop hardi mon ame est emportée.
Toutesfois i'ay promis par vn vœu solennel
De tracer en mes Vers son triomphe éternel,
Et peindre les grandeurs, & les dons magnifiques
Qui l'éleuent plus haut que les Chœurs Angeliques;
Et lors que i'ay promis ie n'ay point consulté
Combien sur cette mer ie serois agité,
Quels écueils inconnus empescheroient ma course;
Comment i'obseruerois les étoiles de l'Ourse,
Et qui dessus les flots par vn heureux effort
Pourroit guider ma nef, & la pousser au port.

Certes j'eus de l'audace, & ie fus temeraire,
Lors que me separant des traces du vulgaire,
I'entrepris de loüer celle dont les beautez
Ont fait voir dans le Ciel de nouuelles clartez.
Mais faut-il qu'un respect refroidisse mon zele ?
Que des difficultez me rendent infidelle ?
Que je retienne vn feu qui se veut exaler ?
Et qu'enfin je me taise où j'ay tant à parler ?

  O IESVS que j'adore à la droitte du Pere,
O IESVS, doux Sauueur en qui mon ame espere,
IESVS pour qui mon cœur se consume d'amour
Ouure mes foibles yeux à la clarté du jour.
Que tes diuins regards dissipent mes tenebres,
Que tes sainctes faueurs rendent mes Vers celebres,
Et qu'auec plus d'ardeur, & plus de majesté
Ie benisse en ton Nom les flancs qui t'ont porté.
Toy qui donnes la force à ceux que tu couronnes,
Et de fresles roseaux fais de fermes colomnes ;
Toy qui de ta parole as formé l'Vniuers ;
Toy qui nous as des Arts les secrets decouuers,
Mon Seigneur, & mon Dieu, donne moy le courage
De vaincre les écueils que je trouue au passage.
Retire mon esprit de ses obscuritez ;
Fay briller tes rayons dans les difficultez ;
Et qu'épris d'vn beau feu je puisse satisfaire
Par les graces du Fils aux grandeurs de la Mere.

HYMNE

Quel sera le sujet de mes premiers efforts?
Et que dois-je choisir parmi tant de trésors ?
Irai-je rechercher dedans son parentage
De quoy faire éclater le front de cet ouurage?
Et pour rendre son nom plus auguste à nos yeux,
R'appellerai-je au jour les noms de ses Ayeux ?
Dirai-je que son sang est du sang des Monarques?
Et dedans les tombeaux chercherai-je des marques
Qui releuent l'éclat d'vne fecondité
A qui la terre doit l'Autheur de la clarté ?
Tous ces tiltres fameux que donne la fortune
Peuuent bien releuer vne vertu commune,
Mais celle dont je veux honorer la grandeur,
Sur les estres creez fait briller sa splendeur,
Autant que le Soleil releue sa lumiere
Sur les autres flambeaux qu'il trouue en sa carriere.
Ni la chair, ni le sang ne peuuent reueler
Les secrets merueilleux que je veux étaler;
Et si Dieu ne m'instruit en de si grands mysteres,
S'il ne donne à mes vers les graces necessaires ;
Bref si je n'ay d'en-haut vn secours tout diuin,
I'écris dessus l'areine, & je trauaille en vain.

Il faut outre-passer les bornes naturelles
Que la necessité donne aux choses mortelles;
La Vierge dont ma plume oze imiter les traits
Surpasse la nature en ses diuins attraits;

Ses

Ses rares qualitez, & ses grands aduantages
Confondent la prudence, & la raison des sages.
Au poinct que sa belle ame infuse dans son corps
Donna le mouuement à ses tendres ressorts,
La Grace du Seigneur la rendit pure, & sainte,
Et le peché d'Adam n'y donna point d'atteinte:
Elle ne sentit point le joug infortuné
Où l'homme est asserui deuant que d'estre né.
Dieu qui pour accomplir la voix de ses Oracles
Destinoit cette Vierge à ses plus grands miracles,
Releua sa vertu sur toute autre vertu;
Et le Serpent fatal à ses pieds abbatu,
N'eut pas la liberté de faire agir contre elle
Les traits enuenimez de sa langue mortelle.
Elle naquit sans tache, elle parut au jour
Côme vn diuin chef-d'œuure & de grace & d'amour:
Elle fit admirer sa vertu plus qu'humaine;
De rares qualitez son enfance fut plaine,
Et le monde la vid dans vne sainteté
Où pas vn des mortels n'auoit jamais esté.
Elle auoit surpassé la pureté des Anges;
Ses œuures s'éleuoient au dessus des loüanges;
Dieu demeuroit en elle, elle étoit toute en Dieu,
Elle adoroit son Nom en tout temps, en tout lieu,
Par son diuin amour elle étoit enflamée;
Son ame en cet amour étoit comme abismée,

B

Et son cœur tout celeste offroit incessamment
Vn hommage d'amour au Roy du firmament.

    En ses plus jeunes ans des Prestres respectée
Au Temple du Seigneur elle fut presentée:
C'est là qu'elle fit vœu d'vne virginité
Qui jetta ses rayons dedans l'éternité;
C'est là qu'elle rendit ses graces manifestes;
C'est là qu'elle fit voir des actions celestes;
C'est là que Dieu receut autour de ses Autels
Les honneurs qu'on luy rend parmi les Immortels;
Et ce fut là qu'il vid sa Grandeur reuerée
Bien mieux qu'elle n'étoit dans le ciel Empirée.
L'éclat de sa vertu brilla de toutes parts,
Sa prudence rauit les plus sages Vieillards,
Et le bruit de son Nom força mesme l'Enuie
D'admirer la splendeur d'vne si belle vie.
Le temps qui s'écoula d'vn insensible cours
Fit auancer aussi la trame de ses jours:
Cette jeune Princesse aussi pure que belle
Dedaigne l'alliance où le monde l'appelle;
C'est au Ciel que son cœur éleue ses desirs;
C'est au Ciel que son cœur recherche des plaisirs;
C'est à Dieu seulement qu'elle veut rendre hommage;
Sa belle ame repugne aux loix du mariage:
Israël toutesfois l'y vid assujettir,
Les celestes decrets l'y firent consentir,

Et par le Tout-puiſſant elle fut inſpirée
De ſubir vne loy qu'elle auoit abhorrée.

Certes ſans murmurer cette Vierge ſuiuit
Les ſentiers inconnus que Dieu luy preſcriuit;
Mais elle eut vn époux & ſi juſte, & ſi ſage
Qu'au vœu qu'elle auoit fait il ne fit point d'outrage.
Ioſeph receut de Dieu ce gage précieux
Qui mit en ſon pouuoir les delices des cieux:
Sous vn joug innocent deux Vierges ſe rangerent;
A des ſoings mutuels deux Vierges s'obligerent:
O ſacré mariage où la Virginité
Se voüa toute entiere à la Diuinité!
Merueilleuſe vnion qui meſme auec vſure
Rend la Virginité plus brillante & plus pure!
Que vos doux entretiens me donnent de tranſports!
Que je ſuis ébloüi parmi tant de tréſors!
Qui pourroit exprimer les grandeurs de MARIE?
Quelle pompe de vers ſi belle & ſi fleurie
Suffiroit à conter tant d'actes de vertu
Où par l'humilité l'orgueil fut combattu?
Plus je veux m'approcher d'vne choſe ſi ſainte
Plus je ſens naiſtre en moy de reſpect, & de crainte;
I'y remarque toujours de nouuelles beautez,
Et mes foibles regards trouuent trop de clartez.

Tel qu'au plus beau des mois le ſein d'vne prairie
D'éclatantes couleurs ſe pare & ſe varie;

Chaque Aurore y fait voir mille diuersitez;
Les fleurs à tous momens naissent de tous costez,
Et leur émail flottant en sa viue peinture
Presente au jour naissant les dons de la nature;
Ou plustost on diroit que tant d'objets si beaux
R'appellent le Soleil de l'abisme des eaux.

    Telle on vid cette Vierge à nulle autre seconde
S'enuironner de gloire, & rauir tout le monde :
Toujours de ses vertus le nombre s'augmentoit;
Toujours de plus en plus sa lumiere éclatoit;
Tant de perfections l'vne à l'autre enchaisnées,
Auoient preuenu l'âge, & l'ordre des années;
Le Ciel auec amour consideroit ses pas,
Et se laissoit charmer par ses diuins appas,
Dieu mesme fut touché des traits de son image,
Et ce sage Ouurier se pleut en son ouurage;
Les beautez d'vne Vierge arresterent ses yeux;
L'odeur de ses parfums s'éleua jusqu'aux cieux,
Et fit resoudre vn Dieu de quitter son tonnerre
Pour venir de son trosne au plus bas de la terre.

    C'est en elle que Dieu se veut manifester;
Elle est le Sanctuaire où Dieu veut habiter;
Elle est le firmament où sa diuine essence
Renferme les tresors de sa Toute-puissance.
C'est en ses chastes flancs qu'il auoit ordonné
Que son Verbe éternel deuoit estre incarné,

Et c'est par son moyen que les Gentils trouuerent
Celuy que comme Autheur tous les siecles reuerent;
Celuy qui les deuoit affranchir des enfers :
Celuy de qui le nom deuoit rompre leurs fers ;
Celuy qui par sa mort enuironné de gloire
Deuoit sur les Demons emporter la victoire,

   O Sagesse de Dieu que ton pouuoir est grand !
Loy que l'Amour a faite, & que la foy m'apprend;
Actes surnaturels, ineffables mysteres,
Que vous estes brillants, & doux, & salutaires !
Certes je sens tarir la source de mes vers
Parmi tant de trésors qui me sont decouuers;
La nature ni l'art, par de penibles veilles
Ne peut representer de si hautes merueilles.

   Pure flame d'amour, viuante Charité
Qui nous remplis de biens par ta fecondité,
Esprit Saint donne moy la force & le courage,
Fay moy seruir d'organe à ton diuin langage;
Epure mes pensers qui craignent d'approcher
De l'Arche d'alliance où le Verbe prit chair :
Sage Dispensateur des richesses diuines,
Oste ces belles fleurs du milieu des épines;
Fay naistre en mon esprit de nouuelles ardeurs,
Et r'assure mes sens parmi tant de grandeurs;
Fay, grád Dieu, que ta flame en mes veines s'allume,
Et toy-mesme conduits & ma langue & ma plume.

B iij

Vous qui portez au cœur de l'incredulité,
Vous qui ne vous plaisez que dans l'impureté,
Et qui tout possedez d'affections humaines
N'appliquez vos esprits qu'à des sciences vaines,
Troupe aueugle & prophane, éloignez-vous de moy;
Ie parle d'vn mystere où doit regner la Foy,
Ie parle d'vn mystere où la Bonté suprême
Epuise ses trésors, & se donne elle-mesme.
Ie parle d'vn mystere où la Diuinité
Se couure du manteau de nôtre humanité :
Où Dieu s'anéantit, & se fait creature;
Où Dieu prend des pecheurs la forme & la figure;
Où le sein d'vne Vierge enclôt dans son pourpris,
Celuy qui par les Cieux ne peut estre compris.
Ie parle d'vn mystere où le monde voit naistre
Vn Monarque éternel dont il a receu l'estre:
Ie parle d'vn mystere où la maternité,
Ne ternit point l'éclat de la Virginité.

Le Pere Tout-puissant, dont la sainte parole
Fait oüir ses accens de l'vn à l'autre Pole,
Et des bords d'Orient jusqu'aux bords reculez
Où le Soleil descend dessous les flots salez;
Ce Pere Tout-puissant, dont le monde est l'ouurage,
Fit porter à MARIE vn celeste message:
Vn Ange aux aisles d'or par les airs transporté,
Et comme d'vn manteau reuestu de clarté,

Vint dedans Nazareth, ville de Galilée,
Où du Temple de Dieu la Vierge étoit allée.
Il respecte l'enclos de son heureux sejour;
Il voit, pour la garder, des Anges à l'entour;
Il entre, il la saluë, il parle, il luy reuele
Le mystere que Dieu veut accomplir en elle.
Son langage d'abord l'estonne, & la surprend,
Elle pense en soy-mesme à l'honneur qu'on luy rĕd;
Mais l'Ange du Seigneur que le Zele transporte,
R'assure son courage, & poursuit de la sorte.

    Ne craignez point, dit-il, vous dont le Tout-
        puissant
Veut honorer les mains d'vn Sceptre florissant;
Vous que deuant les temps il a predestinée
Pour estre de sa gloire à jamais couronnée:
Vierge pleine de grace, & de fecondité,
De vous doit naistre vn Fils rempli de saincteté;
Son nom sera IESVS, il aura Dieu pour Pere;
Son pouuoir luy rendra toute chose prospere;
Au trosne de Dauid Dieu l'establira Roy;
La maison de Iacob florira sous sa loy;
Il verra sa Grandeur des peuples reuerée,
Et son regne sera d'eternelle durée.

    De quelle sainte ardeur son cœur fut-il épris,
Et combien de douceurs rauirent ses esprits,
Lors que la voix de l'Ange, en merueilles feconde,

Luy prédit le repos, & le salut du monde ?
O que cette belle Ame eut de diuins transports !
Et que le Ciel se plut d'y verser ses trésors !
Que dans ce beau sejour la Vertu fut brillante !
Que la Grace rendit cette Vierge éclatante !
Que parmi tant de gloire elle eut d'humilité !
Que de pompe fut jointe à la simplicité !
Elle est aux loix de Dieu parfaitement sousmise,
Elle connoist l'honneur dont il la fauorise ;
Son esprit toutesfois saintement curieux,
Deuant que de repondre au message des Cieux,
Desire de sçauoir comment il se peut faire
Qu'vne Vierge ait le bien d'accomplir ce mystere ;
Vne Vierge qui fuit les innocens plaisirs
Dont vn sainct mariage a permis les desirs.
Mais si tost qu'elle apprit le bel ordre des choses
Que dans sa prescience vn Dieu tenoit encloses ;
Comment sans interest de sa Virginité
Ce dessein merueilleux seroit executé ;
Et que du Saint Esprit la presence adorable
Luy feroit conceuoir ce Fils incomparable ;
Qu'elle eut de promptitude à decouurir au jour
Les sentimens d'vn cœur plein de zele & d'amour !
Et qu'elle répondit d'vne voix asseurée ,
A seruir le Seigneur me voici preparée ;
Que selon ta parole il s'accomplisse en moy.

                                             Cet

Cet Ange fut raui d'vne ſi grande foy,
Et le Seigneur ſe pleut de rencontrer en elle,
Vne ame ſi ſouſmiſe, & ſi pure, & ſi belle.
O merueille! à l'inſtant le Verbe ſe fit chair;
De nos infirmitez Dieu daigna s'approcher;
Vne Vierge conçeut, vne Vierge fut mere;
Dieu voulut conuerſer parmi notre miſere,
Et les flancs de MARIE enfermerent celuy
Qui de tout l'Vniuers eſt le puiſſant appuy.

    Mais pourrai-je ſuffire à chanter des loüanges
Qui ne reſonnent bien qu'en la bouche des Anges?
Où m'emporte l'ardeur? qu'eſt-ce que j'entre-
    prends?
Pourrai-je reciter tant d'actes differends?
Loüer tant de vertus? dire tant de miracles?
Conter les veritez qu'annonçoient tant d'oracles?
Vne ſeule action demande tous mes vers;
Et de tant de tréſors qui me ſont decouuers,
Le moindre m'éblouït de ſa viue lumiere,
Et ne me permet pas d'acheuer ma carriere.
O Muſe, éleue toy d'vn vol plus moderé;
Le mediocre eſtat eſt le plus aſſeuré:
Ne prends point vne charge où ta force ſuccombe;
Crains vn profond abiſme où le ſuperbe tombe;
Menage le beau feu qui t'anime à chanter;
Voy les difficultez que tu dois ſurmonter,

C

Et regarde ſous toy les gouffres effroyables,
Que des audacieux ont rendu remarquables.
Tu manques de vigueur pour vn ſujet ſi haut,
Et le deſir abonde où le pouuoir defaut.
Reſpecte la grandeur à qui tu rends hommage;
Regarde ſes rayons au trauers d'vn nuage,
Et ne t'aduance pas auec temerité
Où brille tant de gloire, & tant de majeſté.
Par vn deuôt ſilence honore des merueilles
Qui ſurpaſſent l'effort des plus penibles veilles.
Si chez Eliſabeth l'ardeur te fait aller,
Qu'vn timide reſpect t'empeſche de parler;
Ecoûte les tranſports d'vn eſprit prophetique;
Apprends-y l'art ſans art d'vn merueilleux canti-
Où la Mere de Dieu par ſon humilité   [que
Rend vn parfait hommage à la Diuinité;
Où la Mere de Dieu nous annonce elle-meſme
Les dons qu'elle a receus de la Bonté ſuprême.
Viſite Bethléem, viens adorer le lieu
Où dans la pauureté naquit le Fils de Dieu;
Conſacre luy ton cœur, ſois ſouſmiſe, & reuere,
Par tes rauiſſemens & l'Enfant, & la Mere.
Aux pieds de mon IESVS voy des Rois étrangers,
Qu'vne Etoile a conduits au milieu des dangers.
Voy de ſimples Paſteurs à l'entour de MARIE;
Ils quittent pour ſon Fils & parc & bergerie;

Ils beniſſent ſon nom d'vn cœur deuotieüx,
Et les airs redoublez qu'ils pouſſēt juſqu'aux cieux,
Font par tout retentir ꝛ le Zele ꝛ la joye
Qu'ils ont pourtant de biēs que le Ciel leur octroye.
Suy leurs pas amoureux, repete leurs chanſons;
Et repands dedans l'air mille agreables ſons.
Admire cette Mere heureuſement feconde
Qui produit le repos, ꝛ le ſalut au monde.
Elle demeure Vierge apres l'enfantement;
La nature la voit auec étonnement,
La nature s'égare en de ſi hauts myſteres,
Et ne peut accorder des choſes ſi contraires.

   Comme ſur la montagne vn buiſſon enflamé
Entretenoit le feu ſans eſtre conſumé,
Et parmi les ardeurs des flames ondoyantes
Gardoit en leur fraiſcheur ſes feuilles verdoyantes.
Ainſi parmi l'horreur d'vn ſiecle depraué,
L'éclat de ſa vertu fut toujours conſerué,
Cette Vierge choiſie entre les creatures,
Auoit le cœur rempli de graces toutes pures:
Et le don glorieux de la maternité
Ne fit aucune breche à ſa virginité.

   O Mere des viuans, Vierge ſainte, ꝛ ſacrée,
Dont le nom reueré m'enflame, ꝛ me recrée,
Et dont la Saincteté produit vn nouueau jour
Qui me comble de joye, ꝛ me remplit d'amour;

Fille du Roy des Rois que vous fuſtes rauie
D'auoir donné la vie à l'Auteur de la vie !
Que votre ame ſentit de celeſtes plaiſirs
De voir entre vos bras l'objet de ſes deſirs !
Vn merueilleux Enfant dont la ſeule puiſſance
Tient la terre, & le ciel dedans l'obeïſſance !
Vn merueilleux Enfant qui plein de majeſté,
De la mer, & des vents eſt craint, & reſpecté !
Vous alaitiez celuy qui par ſa prouidence
Nous fournit d'alimens en ſi grande abondance ;
Vous alaitiez celuy ſans qui le firmament
Ne ſe peut maintenir, ny durer vn moment.
On vid croiſtre IESVS deſſous votre conduitte,
Le long des bords du Nil où vous priſtes la fuitte,
Fuitte qui fit trembler les puiſſances d'enfer,
Fuitte dont tous les pas vous faiſoient triompher,
Fuitte dont la vertu par de fameux miracles,
Fit tomber les faux Dieux, & taire leurs Oracles.
Vous conduiſiez celuy qui regit l'Vniuers,
Qui fait que les prin-temps ſuccedent aux hyuers ;
Qui dans la viue ardeur des chaleurs vehementes
Couronne les Eſtez de moiſſons jauniſſantes,
Et qui donne aux mortels ces fruits delicieux,
Dont l'Autône nous flatte, & nous charme les yeux.
La Sageſſe éternelle étoit ſous votre empire ;
Vous gouuerniez celuy qui fait que tout reſpire,

Et qui ſous le manteau de notre humanité
Auoit caché l'éclat de ſa Diuinité.

Mais inſenſiblement j'auance, & je m'engage,
Dans les difficultez d'vn perilleux voyage :
I'abandonne le port où j'étois arriué,
Ie retourne aux écueils dont je m'étois ſauué,
Et mon foible vaiſſeau va ſur des mers profondes
Lutter contre les vents, & combattre les ondes.

O Vierge immaculee, Arche de ſainteté
Qui maîtriſiez les flots dont l'homme eſt agité,
Et renfermant celuy qui commande aux étoiles
Sans craindre de perils voguiez à pleines voiles,
O Mere de IESVS qui tenez le milieu
Entre notre baſſeſſe, & la grandeur de Dieu,
Vn trop fertile objet rend ma plume infertile,
Et ie ſens defaillir les forces de mon ſtile :
Parmi tant de ruiſſeaux je demeure alteré,
Au milieu des clartez je me ſuis egaré,
Et de tant d'actions d'éternelle memoire
Ie ne puis exprimer les graces ny la gloire.

Quelqu'autre tranſporté d'vne plus viue ardeur
Fera de vos vertus paroiſtre la ſplendeur :
Il deduira le cours de votre illuſtre vie
Qui triomphe des temps, qui fait taire l'Enuie :
Il fera le recit des belles actions
Qui vous font dominer ſur tant de nations,

Et par les traits dorez d'vne histoire si sainte

Il rendra votre image en nos cœurs plus emprainte.

Mais, ô Vierge sacree, il ne suffira pas,

Qu'il decouure à nos yeux tant de diuins appas;

Tant de graces du ciel dont vous fustes remplie;

Vne vertu sans tache, vne gloire accomplie.

Il faudra que son art par de viues couleurs

Represente l'horreur de vos aspres douleurs;

De quel glaiue trenchant votre ame fut atteinte,

Quand du sang de IESVS Ierusalem fut teinte,

Et quand ce bien-aimé par vn excez d'amour

Voulut fermer ses yeux à la clarté du jour.

Certes c'est vn ouurage où nos forces languissent;

Où sous vn voile épaix nos clartez s'obscurcissent;

Où la raison se perd, où l'art s'éuanoüit;

Où parmi tant d'objets notre ame s'éblouït.

Comme apres que l'hyuer d'vne superbe audace

A fait couler les eaux dessous vn frein de glace;

A repandu par tout la rigueur de ses loix;

A raui les beautez des pleines & des bois;

Vne saison plus douce à toute la Nature

Fait reuoir aux mortels les fleurs, & la verdure;

Remet en liberté le courant des ruisseaux;

Repeuple nos forests de feuilles, & d'oyseaux;

R'ameine les plaisirs, & les jeux auec elle,

Et redonne à la terre vne robe nouuelle.

De mesme apres les maux que vous auez souffers;
Apres les vains efforts du Prince des enfers
Qui des Iuifs attisoit la fureur, & la haine,
Et remplissoit d'horreur vne ville inhumaine;
On verra succeder les plaisirs aux tourmens,
Et les chants d'allegresse aux longs gemissemens.
La gloire du triomphe où les Anges vous virent
Lors que dedans le Ciel vos desirs s'accomplirent,
Lors que Dieu vous remplit de tant de majesté,
Et vous enuironna de pompe, & de clarté;
Les caresses d'vn Dieu dont vous estes la Mere;
Les applaudissemens dont le Ciel vous reuere;
Ces astres lumineux qui vous ceignent le front,
Et qui dans l'Empirée à jamais brilleront;
Enfin l'authorité que Dieu vous a donnée,
Quand de ses propres mains vous fustes couronnée;
Le sceptre merueilleux qu'il mit entre vos mains;
Les graces que par vous il prodigue aux humains,
Et tant d'autres tresors si remplis de lumiere
Ouuriront aux beaux vers vne illustre carriere;
Vn champ delicieux qui sans cesse produit,
Et ne manque jamais ni de fleurs ni de fruit.
Vierge sainte on dira que l'humaine pensee
Ne peut atteindre aux lieux où Dieu vous a placée;
Que dans ce mesme corps qui fut immaculé
Votre ame regne au Ciel sur vn trosne étoilé,

Et s'abreuue à longs traits de cette onde sacrée
Où la Cité de Dieu se plaist, & se recrée.
Que de là vous voyez les besoins des mortels,
Qu'vn deuôt culte assemble à l'entour des Autels.
Là votre main s'occupe à détourner la foudre
Dont Dieu se préparoit de nous reduire en poudre,
Vous abbaissez le bras qu'il auoit éleué,
Vous r'appellez celuy qui sembloit reprouué.
C'est vous qui consolez l'esprit des miserables,
Vous repandez sur eux des regards fauorables,
Vous supportez le faix qui nous est imposé,
Par vous des Aquilons l'orage est appaisé,
Et vos saintes douceurs detrempent l'amertume
Des soins, & des ennuis dont vn cœur se consume.

    Refuge des pecheurs, port où les matelots
Se trouuent à l'abri des écueils, & des flots,
Etoile de la mer dont les clartez brillantes
Ont redressé le cours des nauires errantes,
Vierge toujours propice au salut des humains,
I'éleue deuers vous, & mes yeux, & mes mains,
Et j'implore votre ayde au fort de la tempeste
Que de fiers ennemis font pleuuoir sur ma teste.
Rendez-vous secourable aux pleurs d'vn affligé,
Que d'vn si lourd fardeau je me trouue allegé :
Offrez à votre Fils, & mon cœur, & mon ame,
Faites-les embraser d'vne diuine flame :

Malgré

Malgré tous les Tyrans faites qu'vn pur Amour
Par de plus justes loix y domine à son tour.
Trosne du Roy des Rois, beau sejour d'vne Grace
Qui brille sans riuale, & jamais ne se passe,
Sentier toujours fleuri, canal mysterieux
Par où le Verbe enfin est descendu des Cieux;
Vous que les bien-heureux recônoissent pour Reyne;
Beauté qui produisez la Beauté souueraine,
Bel Astre du matin d'où sort vn beau Soleil
Qui fait joüir nos yeux d'vn gracieux reueil;
Mere de la clarté qui dissipe nos ombres,
Et r'appelle le jour dans les lieux les plus sombres,
Moyennez vne paix entre IESVS & nous,
Que la misericorde appaise son couroux:
Priez, pressez, forcez, rendez-nous Dieu propice,
Offrez à sa Grandeur nos vœux en sacrifice.
De mesme que par vous il nous a visitez,
De mesme que par vous il repand ses bontez,
Et nous vient reuestir d'vne robe nouuelle
Pour entrer au banquet où sa voix nous appelle:
De mesme c'est par vous qu'il faut aller à luy;
C'est par vous qu'on impetre vn si puissant appuy,
Et que rempli d'amour, de feruleur, & de zele
Vn cœur s'vnit à Dieu d'vne chaisne éternelle.

    O Reyne des Vertus dont les bien-faits diuers
Par de diuins transports rauissent l'Vniuers,

D

Et chez les nations par vous fauorisées
Nous monstrent que vos mains ne sont pas épuisées;
Mere de mon IESVS dißipez nos ennuis;
Faites cesser l'horreur de nos profondes nuits;
Prenez en votre garde vn peuple qui soupire,
Et reclame en ses vœux les biens de votre Em-
    pire;
Vierge fauorisez de l'vn de vos regards
Vn peuple qui combat dessous vos étendars,
Patrone de la France ayez soin de la France,
Faites qu'elle ait le fruit de sa sainte esperance.
Depuis que notre Roy par vn vœu solennel
S'obligea de vous rendre vn honneur éternel,
Et que vous sousmettant son sceptre, & sa cou-
    ronne,
Il fit hommage außi de sa propre personne;
Vos graces surmontant toutes difficultez
Ont redoublé le cours de ses prosperitez;
Ses armes ont dompté des forces indomptées;
La France a veu plus loin ses bornes transplantées;
Notre Roy triomphant de tous ses ennemis
Fait voir à ses Estats d'autres Estats sousmis.
Iamais les fleurs de Lys n'ont plus receu de gloire;
Vous leur auez donné victoire sur victoire;
Succez dessus succez, bon-heur dessus bon-heur;
Le regne de LOVIS est tout rempli d'honneur.

Le seul bruit de son nom appaise les tempestes,
Et fait de toutes parts de nouuelles conquestes.
Ce grãd Prince est vainqueur, & triomphe partout,
Et n'a point de desseins dont il ne vienne à bout.

Ainsi toute l'Europe admire en ses hauts gestes,
Du Ciel qui le conduit les graces manifestes :
Elle voit nos combas auec étonnement,
Les peuples sont troublez de notre accroissement.
Et dans cet heureux siecle on compte nos années
Par des prosperitez l'vne à l'autre enchaisnées.
Mais si pour accomplir tant d'illustres bien-faits
Vous obteniez la paix du Prince de la paix,
Et traisnant apres vous la Discorde captiue
Vous joigniez nos lauriers à des branches d'oliue,
Alors, ô Vierge, alors, au milieu des plaisirs,
La France auroit l'effect de ses justes desirs,
Et l'on ne verroit plus le flambeau de la guerre,
Consumer les humains, & desoler la terre ;
Et l'on ne verroit plus les temples ruinez,
Et le feu triompher des autels prophanez.

Mere du bel Amour r'amenez le Concorde ;
Ouurez nous les trésors de la misericorde ;
Faites qu'vn feu diuin s'allume dans nos cœurs,
Et vienne mettre fin à toutes nos langueurs ;
Gardez notre Monarque, & soyez toujours preste
A sauuer des perils vne si chere teste.

Beniſſez du Dauphin l'heureux commencement;
Et que ce jeune Prince ait vn double ornement;
Qu'il ſoit le vif portrait des vertus de ſon Pere,
Qu'il ait la pieté qui reluit en ſa Mere;
Deuant que de regner deſſus les nations,
Qu'il apprenne à regir ſes propres paſſions.
Verſez inceſſamment d'vne main liberale
Vos dons, & vos faueurs ſur la maiſon royale;
Et que d'vn ſi grand fleuue il ſorte des ruiſſeaux
Qui repandent par tout leurs agréables eaux.

    Aſtre qui preſidez à tous ces lieux champeſtres;
Secours miraculeux de nos pieux Anceſtres;
Vierge qui de ſi loin attirez les mortels
Pour implorer votre ayde à l'entour des autels;
I'entre dedans le Temple où d'vn culte ordinaire
Sous le nom des Vertus le monde vous reuere:
I'entends vn doux concert d'vn million de voix;
Ie vous entends nommer Mere du Roy des Rois;
Ie ſens mon cœur épris d'vne flame nouuelle,
Vne celeſte ardeur à vous loüer m'appelle;
Ie conſacre cette Hymne à la felicité
Qui remplit de ſplendeur votre immortalité:
Ayez à gré des vers où je vous rends hommage,
Et que je viens ſouſmettre au pied de votre Image;
Ayez à gré des vers que le zele a formez,
Et qu'vn diuin amour a pour vous animez.

O *Vierge* receuez mes vœux, & mes prieres ;
Eclairez mon efprit de vos belles lumieres :
Comme Mere de Dieu montrez moy comme il faut
Eleuer mes defirs vers vn fujet fi haut ;
Comme il faut contempler fes diuines merueilles ;
Faites que fon honneur foit la fin de mes veilles,
Et ne permettez pas que ie fois enchanté,
Des charmes du menfonge, & de la vanité.

N. FRENICLE.

F I N.